新しい詩人 07

片鱗篇

Segment
Kakera hen

石田瑞穂
Ishida Mizuho

思潮社

片鱗篇

石田瑞穂

思潮社

目次

Ⅰ〈片鱗篇〉

アエネアス 8
便箋——光の過ち 22
アンリアル 24
妖精環 26
閨 28
閨Ⅱ 30
草雲雀 32
撫づる茜 34
水旅 36

白のなかの島　40
舞＝鶴　42
菫の歌の龍骨　48
秕と韻律（神楽・*Unrequited*）　52

II

Lost Light in Dungeness　57

・

自由への道　104
散亡の方位　106

装幀　芦澤泰偉

I

〈片鱗篇〉

アエネアス

きょう、群島のただひとつの瞳を、無辜の手で灰の襤褸にいれる人よ、
供儀を降ろす光
おそらくは自らを欺くために、アエネアス、
誰も触れることのかなわぬ熱烈な、消えた祓枝をよみがえらせるために、
(空が溶けて、物憂い光の涙、また顔のうえにとまって)

退化は発生においてすでに刻み込まれていると、梢に痙攣する光に肩を叩かれ、
梢は梢へと自らを欺きながら抱き合い、回想の回想、
樹木は樹木自身の片鱗へと輝く

侵入がある、一滴の涙のような

（止むことのないモンタージュの不安な接ぎ目が、
おまえとわたしを繋ぐただ一つの耳殻だと、
あの日、羊蹄《きしぎし》の茂る森をうつむいたままいそぐその人の声は
たしかにそう告げたのですし、
あの、死にながら生きた人の

すべての同族の脈拍を灰の刻限へと埋葬してしまった無辜の息、
否、罪に、わたしは罰せられ、罪を奪われ、
しかし、まさにそのことによって何故かわたしは
密かに選びとられてもいる、
そんな、驕慢な予感に、あの日は、とらわれていました)

あなたには見えたのだ

橋の中ツ宙を過ぎて
落ちてくる　羊歯　胡桃
その命の炎天を
あなたは光と水の腹で享けた
女体川

またの名は李川《さいかわ》
つかのま
不信のエリアからたちのぼる
虹のような体を香らせて
いまは、
失明の幻をつかもうとする

化石林へと墜落する
仮面の、匂い
つかのまの死者に
からまりまわりつづける
微細な白髪　（吹抜けの空間から）

ない窓に、声を打たせてみたり
その青に背後からせまる
青山では　鈴生りの狼たちが
光る木々の女陰をかるくゆすって

邯鄲《かんたん》か鉦叩《かねたた》きかの透けた音にへばり
白磁と錯誤　瞭らかな雨に迷い、幽霊のように、
置き手紙のように、形見のように、
闘うことを知らない

法廷で
どこまでも堕ちていく（泪）の
片方を折れていく
消えた川の香を

（与えられない母ガ國）
それは誰もが肌で感じとることなんだ
不意に、
すべての光の残滓が四谷で見えてしまう
半ば化石になったオウムガイは

川に落とした「魂」を語り
互いの言葉が映り込んで建っているような半島で
あなたとわたしの時間は
悪い火傷のよう

生きるとは、谺のよう
ペンに涸れた涙を詰め替えて
いつまでも谺を書きつける

便箋――光の過ち

スペースがあいていた。額から目にかけて硝子が立て続けに割れる音がして、なにかの光がこちらへ、すうっと吸い寄せられた。湖畔のホテルにいた。誰か伴侶のような人がいたことも覚えている。お互いを見つめている時間が、彩度を欠いて、ただ、くるくる巻き戻されていく。まだ暮れきらない冬の薄い光が、遠い山並と共に、冷たく湿り気を帯びた雪野原のすみずみまで行き渡り、どこか別の静かな狭間に浸りきってしまったものばかり、記憶のなかを還ってくる。備え付けの便箋で書いた、ながながしい手紙。属性を失った、書いた手。緩慢に聞き耳をたてている、見知らぬ家系の記念写真。胡桃のような旅靴の幻影。統覚を失って、寒さより、あまりに澄み渡ってしまった視界に身震いしている。この世で窪んでいく声。光が、また、過ちを犯した。

「黒い染みにしか見えなくなって移動している。」

「――。」

「――。」

「なにか間違ったことを言いましたか？」

「影の多い中庭を待っている言葉がある。」

「無季の双葉を転落していく人。」

“Did I say something――”目の中が乾ききって、古代の月の深い響きがあたりをみたした。粒子へのにくしみ。ホテルに集う男と女たちはどこか本当の遠い日のなかで生きているのだろうか。しのび寄ると同時に、通り過ぎる、茎立つ呼吸のなか。一枚の淋しい絵が誰かの獲物のように泣いていた。鼓動も美しい瞑想。空を渡ってゆく涙は、あの、昼でも夜でもない扉の戦慄をどこまで迎えて、押し開くか

アンリアル

枕元に立った
父の体に触っていた
晴れやかな夜の
白む頃
自身も吹き散らされて
行為だけがここにあるような
露わな反復の乾きがここにも届いて
誰かに肩を貸して歩いた覚えがほのかに動いて
薬指をかるく唇に衾《ふく》んであの女《ひと》は何を戒めたのか
(泣くまでの顔を
あのようにまともから

乾きから、見凝めたことはなかった)
池袋で魘される蟬たち
すがってひくく垂れて生きている物たちは
夜目にひとすじ蒼く光って枯れて見える
光の瘦せた化石を
こみあげた笑いを袂《たもと》に包むようにして
指をきらめかせ
眠りながら
現に眠っている場所のことを夢に見ている、とは

妖精環

個別的な氾濫
ぶちわれた
橋の生々しさに
聞こえる音、繋り
あたかも腑に落ちない出来事がふたつ
ふたつ残ったきりだった
糺《ただす》の森
この紛失の思いによって、
ほかのあらゆる紛失への思いを封じるため
月がぶちわれていた
手の甲さえ菫色に溶けはじめて

泪の穴へ戻り
虚空に響く鼙音にひたすらおのれを傾けている意志がある
口梔子が不意に憑かれ
女の腹みたく割れていた
記憶にない骸のようでもあった
幻想や幻覚さえ液体化する
あのあざやかな驚きをたどりなおそうかと
墨田の虚空に微かに耳を差し出している
（なにかへと預けることで凸とでてきている
もっと、なにか、あざやかなものへ）
言葉は闇の杖
熱風のなかに蝶たちの風景は存在しない
ビル風にゆらめき立つスティーマーポイント
陽気な蛇や海月のダンスを眺めて
いのちは
だからたえぬ水のように枯れているのか

閨《ねや》

昼の鱗の
へだてて呼び合う
シャツを着替えるように
道を麗らかに曲がっていける蛇の王の
原像か模像か
虫のようにも草のようにもみえる白い
もう、線のようなものとしてびっしりと
身近な人の
発見し答えるためにそこにいる
同じ祈りの耳を揺すり
眠れないTVのかたい隅

女の打着にくるまり
厄介な数字をアレンジしよう
次第に形が崩れていく
蘰《かずら》のような乳房を物真似て
巴の河のたたずまいを黙々とひさいで
崩れたあえぎ声が遠くで廻っていたような気がして
白く日々を連弾している
雑司ヶ谷の夾竹桃のあえかに降る手の先
草たちの闉ばかりを憶えている

闇II

汚れたなりに妙に白けたように思われた
少女たちの甘心を買うための
窒息を歩いてくる影があり
河端の粉をふく家のうわさも耳にして
私は
骨や肉をわすれてしまったのだ
蛇たちが液晶に参入する夜
月の大小を入れ換えてしまったら
どうなるかしら
見つめるほど影青《いんちん》に迫ってみせる
生きた肌の生死の香りにたえている肩くちの黒子は

おそらくは
この世でもっとも柔らかく
死んでいける蝶のようだ
皺や襞や繊毛なども没却して
島
蟲のようなものうずずけた草の魂のようなもの
没却し
おそらく
人のもっとも大いなる問は
遊弋の
無制限な性格にかかわるのだろう
母を亡くして生まれかわった娘
銀杏の閨の香りする
枕のしたを流れていく
みずとえき

草雲雀

体よりも、
というのが喚名だったかどうか
それは何億もの同族たちの
はるかおぼろげな記憶の歌
目にあやな
無意味な処女地を前に
親しみをうっとりと剃いて
過去の塵にむかって切なく鳴いている
虫の声をふむ
火の初子《はつご》があった
フィルムの坂をのぼる樋口の置屋の沓音

苔の隅の雫に
しろきなかつかみは鬱蒼と笑い
でたらめに宙を薙ぐと
菫色の空に白い月のようなものが昇っていった
体がそう求めて、
星が蹌踉《よろ》けまわっているようだった
ちっぽけな生き物の骨を暮らして
きわめて小さな魂で
はるかな、物の淵音に
精緻な日が
まるで遠くからようやく現れた
ほうっとした、草の火の残夢
ひっそり蒼ざめて
変遷にかかる

撫づる茜

眠っている
胡桃の声という声がしろくてながい
糸づかい　色づかい　撚ると夜
古端切れとする
煇のような旅
いい年をして物狂わしく
空手の色のまま座り
積《つ》みの
艶やかな青にばかり目はとろけて
かえって鮮やかに
出揃ってしまった眉弓をさらに引かれて別れを口にしたとたん

一点の赤が
子どもの心の深みへ沈んでいくのだった
踏まれた草の初めの頃
王子の廃線の岐路のまえに佇もうと耳障りがもてあそんで
鈍い血
の炒めものが斑に雪片《ゆきひら》を浮かべているか
光に尻を押されるように
あなたときれぎれに
雨はいつのまにかまた降りもどっていて
織物のために用意された島
むかし、蛍袋と呼ばれ
子達が捕まえたホタルを袋状の花のなかに入れて持ち帰った
そんなつつみこもうとするほのかな腹の色があった
撫づる茜がさした

水旅

アラゴンの〈夏〉の
眠る石
向キ合ッタママノ
鹹《カラ》イ臓腑ノ鏡
枍《さかき》の実みたく、　たくさんに削られた
茘香や香片
名前を売った妹たちは増えて
出自ヲ乱ス
神、　楽、　坂、　ノ
抽象につくされた食卓に
四季春茶喫む

美しい幽霊たちの汗は不足して
貴方ノナカデ重ミヲカケル世界ガアル
生キモノノ乳房モツ
神、
楽、
ノ、
坂
は海までの道を塞ぎ
貴方ノ
赤い玉は緒までも光るが
出自ヲ乱ス
映像は漂鳥のただよいを夢の推移に吹き寄せ
女の肉と皮を被った
酸の男どもは裸で白濁の向こうに潜り
いらだたしくそこで思いだし
かわいそうにそこで忘れてしまい

虹彩炎になでられたように動く
脂くさい海坂よ
夜毎、半淡の肉のすれちがう音よ
信仰をもたない私のこころは
櫂《かがよ》いを旅しつづけ
発声の　慌しい旅
私のなかで　永劫に
遅れて響いているような
海のための滴《しずく》を
どこかに落としてきてしまったのだ
一日ぶんの水を吸って
白ンダ、株価ノ、蛇ノ、
眼にたつ呼吸もなく
昏々と眠る人の反照に
戦争では
誰がいちばん

しろいですか？
腹の
ピアスの澱
獅子座流星群は
見えなかった
不穏な夜を彩る
何かに爪を立ててさえいる
峙《そばだ》ってさえいる
映像の向こう
草の落ちと腐《くた》し
焼きついた液晶
まばらな人影
萱草《わすれぐさ》の埃っぽい後姿
時の先を
焼かれた人の
明日の熟睡をかけあがる

白のなかの島

（meta の日）
手のなかで稲光りのようなものが走って
誰かの顔のようなものが掻き消えた
"ghost" と "guest" が
同じ語源だと知る日
相模の湾岸から不思議な声が聞こえてきて
何か、おそろしい響きが下りてくる
女の息、が、初潮を迎えた母の
廻る声が、宇宙をひきむしったようで
ペズナの
月が誰にもわからないほどかすかに欠けて

誰のものでもない震えを生きて、死んでいる

所在不明のなかで書かれる手紙の薫り　かすかに死んでいるとは、いったい、どういうことだろう　東京インターが向こうで発光してその発光の裏を辿るように私はノートをこすりつづけた　湾のなかで声が窪んでいる　セクスが海に滲んで広がっている　白い　ここの空白はどんな空隙に移されていくのか　今日の光がなににも結びつかないで　いつまでも大切に握っていたいような妙な気分だった　海鳴りの細く吹き上げている古い洋館／廃ホテルで　毎日のおびただしいデッサンと素描のプラクティスを必要とした人／画家　胞衣のような部屋で　自由奔放にイメジを展開しながら　ついに美しい憎悪の果てにあった自死に飛翔した　灰皿　枕元の聖人像　海揚がりのオランダ盃　異様な形の屋根の下に庭のはずれを見下ろす廃人のような姿が時折目にされた　その人にはもう時間は流れてはいないようだった　なんの相似を浅く行き交っていたか　砂を括る生　蝶たちを噛う薄青い時間を　月の胞衣の匂いを

舞＝鶴

、誰か
言葉と声を咬み鳴いているのは
偽りの啓示
島の櫛

覆奏《かえりもうし》の明るい路地
海からの顔をした
罅割れた耳鳴りを拾い
白日の割れた崖を回《めぐ》り
同じ行の書き損じを
同じ夢の雲として拾う

（数馬では、早追いの蟬たちが
まっ白に群れて、ざわざわと
脱け跡のうしろを押していき
それは、どの地上に
帰ろうとしているのか
孵ろうとしているのか）

たった一つの文が告げる火と夜
現に進行中の焼却を明らかにしながら
尽き果てることのないものへ
その前途に　届けられる
狂気じみて響くかもしれないが、
百年も前は
猿が人里に婿入りした
そんな火の物語もあった

誰もそれを本当に告げることはできなかったから
それはただ焼き払う
コインランドリーで蟠《わだか》まっている誰かの影の
灰
が焼き払う
舞鶴市《まいづるし》小橋《おばせ》。沖葛島《おきかずらじま》から北北西に三キロメートル

（亡霊のように）　夜の海坂に召喚され
旅の　（誰とも）　記憶を見いだせないまま
あれが　（今も）　神の坐《いま》す雄島　（老人嶋《おいとじま》）
これが　（今もあらまほしき）　雌島　（沓嶋）
海嶺の　（龍宮伝説の）
ありとある死に飾られた　（文のような）
連なる島々の汀の環に捕まり
（私は）　舟槽で　（香実《かぐのこのみ》を）　吐き
手の中に　一握りの　（偽りの）　ガラスを　見つけた

（否）　それは　海の上で　真水を　（見つけたのか）
傷口は　（うっすら）　痛んで　（潮に）　ぬれてみえ
霞んでいく意識の向こうで　人々が　（遠く）　渦巻いている
誰のものでもない別れが　（言葉の上で）　焼かれていく
ここもかつての海市《ミラージュ》……

そのように今は「ただ見て過ぎ」
水のおびえはただ他人に伝えて
（果物ナイフを凝視《みつ》めるまでの時間）
母語は揺れ
螺旋状にアスファルトへと沈み
誰かのまるごとを転々とする

次第にすこしずつ薄まっていくだけのもの
接触する唇
耐えるだけの息の力が地理へと散り

上から下へ閉じつづけるだけの力を
指の間に裂いて
消滅するようプログラムされているもの
掌《てのひら》の上の〈南〉を占う
舞＝鶴

螺旋を砕いて
未明の滞りへ
来る者の伝承ばかりが哀へ、どこか透きとおるようになり
女たちの表情《かお》は淡く美しくなる
針ノ心カラ移ロッテイク
時の模像とは
誰、か
走る、白金の蛇
醜婦になった渓魚
白日が割れている崖の下で開いている影

犬頭人《プリテマス》は落葉しない都市でなおも眠り
誰もいない午睡のさなか
人間のやわらかな海が
ぬれている

菫の歌の龍骨

午後の仮寝の繭から目覚めようとするひととき、うすずみの自壊からも遠い砂地が呼んでいた気がする。

小説と詩の一節は入れ替わり（小説の一行を粉々にしながら）、記憶は、甘美な固着にも思える。

わたしは、そして、いつも失われた時に潜ろうとする。いつまでも止めることのできない悪い癖のように。

文字盤は華麗な映写の光。振子時計は夜のもの。闇よりもあわやいだ昼の明澄に沈んでいるのを好む、触知できないアルコーヴ。

わたしは今、一人だったか、ふたりだったか。紙の天をつきあげている、じっとりと濡れた魂ども。そうやって魂の一軒家の、氷の迷路はすすんでいく。

やがて、朝になって消えるだろう。そして、最初の日の卵のような、青味を帯びた殻の裏へ、深く、

マッチを擦って、懐中時計を見る。そして、手の煙草にも。地図が嫌い。誰も彼もの踝をうっすら浸している夕映えを、あざとい輝度に狂わせている、反復も。やがて、薄い膜でぼうっとおおわれた日日が夜と昼を逆巻いて襲ってくる。現実と虚ろの閾をひとりですべてが可能な述語の火が垂直に降下していく。そこにつみ重なっていく禁年。終夜灯の燐光のように、(縦に)耳の奥をふっと言葉が流れていく(内耳をつたわない言葉というものを知った)。

伝令。また。伝令。やがて、アルコーヴそのものも深く沈んでいき、紙は黒く滲んでいく波間で、もう一度、(真昼)に射られなければならない。

かぎりなく柔らかい笑い声に苛立っているのは、(誰の妹だろう)。そして、この揺らいで拡がってしまった感覚の底には、撚られることなく流れている夜がある。

あとには、やがて、紙のように目覚めていく白い昼があるのだとし

ても。

そして、夜と昼は、どちらも同じ約束をたがえて人をたずねるから、仮寝の繭は、やがて、背後から離れていくものの架空へと浮上しながら翎をずたずたにしていく。

物たちが夢の端で張り詰めて賑わう時刻に。

そして、あの人は、ここにいて、もう、ここに、来ることはない、ここにいることで。

着衣の高まりが、鮮やかに、また精緻に、空を切ってみせる時、やがて、そして、微細な未知の微睡みを迎えるための数々の（あるとも言えない）接続詞の巌には、すれ違ったこともない多くの人の声の抑揚が、まばゆく、同じ草に擦りつけられている。

秕と韻律（神楽・*Unrequited*）

六曜から響く夜太鼓
鼓膜は震わさず
ただ、（オバレウ、
オバレウ、と）
姿なき者の足踏みが山間に木霊する
（ように思えた）とは
誰に糾《あざな》われた伝聞
麦搗《つ》く、福《ひ》寄せ
などの段があり、牛馬の病
七難、疫鬼のたぐいを南海へと（流れぬまま）
六陸の音響で始まる名で

掛合いが節書きを変えつづける。
氷のように脆弱な口唇期
まさに
「期」という弱い肉体を纏いつつ
他者の表音に腐食を氷らえ　斜めからの
母の視線に軽くセックスを突きたてる（だけの）
文字の不足を（表意として）
声は
桃色の突起に震え（反響し）
（時のなかで
橈んだまま
唇に昇ることもなく
（海月《うみつき》を燻らし
裏木戸から榓《しきみ》を折って
たった一度立ち去る者の足音に
耳を塞ぐ不眠の母

を、揺すれ、との（声）として（も）滑る
（滑りつづけ）
滑走はそのまま（
　声／性／自然　と失われ　　）
（アイオーンの）
咆哮《うたき》と化して。
扉に架かる、赤鶴《しゃくつる》
松ノ前
伝世に文の散失を秘め
文字の鎮護に
神の顔を彫りつづける
（木地師も在る）
朽ちよ、との千年のしじまに
（物狂いは極り）
稀には美しい崖に
阿闍利も立つ

（化妖を焼く煙、とも

「御生《みあれ》」

II

Lost Light in Dungeness——16 poems without titles

葉が巻いて、
幻をあげた。
ここにあらわれるものの果てに
ここがもう一度
泣いたようだった
森を埋めた文字が一瞬
光を吸い上げたようで
どの暗い小径を通っても
灯りは小さく揺れる
慟哭に形を与えるな、と。
ケシたちは
ひたすら努めて老いた
この空間は好きだ
啼き声は花崗岩の群落と転調を
死者の堆積へと切り結び、
個々の形象を降ろすより、リズムが

アズライトの文を
黙って叩く。
自身では思考されない
作動されない、書くことが
消せないもの。
道なりに細く細く尖ってゆき
眉の弧のような夢を走っていった。
犬が揺れていた
たったひとりで崩れるノートを書いていった
文字という文字は音と訓を失って
この刹那だけは
私は何にも支配されず
何も支配しない、
そのことさえも。

灰が、散っている。
透けるような道を火矢になって急いでいると
あたりは急速に暗くなっていった
それ自体が蟲のようなクーペを駆り
岩陰で翡翠のように息づいている街に着いて
私はいくつかの拾われた骨角を枕元に置いて眠る
小鳥たちが寄ってきてうたい
夜の粒子が花粉のように廻り
（ある初記のほろぼしとして）
〝私は、ただ
楽園が書きたかっただけだ〟
という他者のフレーズが　降る
沼の記憶にいた　あれは

誰のノートだったか　回想のなかでけっして繋がらない声
その〝青〟もまた　死を意味する言葉であったことを知って　ここは架空や猶予でしかな

い庭だから　背負っているものの振動が新しい道になっていく　背の深央から咲き立っている人　性のようにあでやかな多肉植物　お前はお前の夢にふさわしくあれ　空にある薄い花　薄い壁画　火蜥蜴が割れた石の時間を歩く　動物を見た時自分の外にある骨がさらに白を加えたようで　誰の記憶にも映らない　あるがままあるものたちに硬く焼かれた音の庭は　千の約束を散光にして、無碍に開く　お前はお前の夢にふさわしくあれ

かつて
水底や辺りに（立つ私は）
白鳥を射った
ひかりのなかへのびあがるもの
それを抱いて
ただ生きていける
ということがありうるために

しろい漂着をのぞく勇気
妖しい軀の
蓋のような重みも去って
乳房は
ホオズキの重さ
食物を織り物にして
駆けていく女を見たような気がする。
世田谷、
という地名が今日も暴いている
木霊が呼んでいる
手の失墜がふたたび起こり
雪の響きを帯びつつ
深い楽土への漂着ののち
ひとりの妻を娶り
古い炉辺に憩う
という単純さで。

ダンジェネスは
死者の重さ、無票の錐
ここはあまりにもヘヴンに近いから
何も集まらないから
ただ一つの名前の磁針が狂う
たたかわない
という、妖精の兵器
もう誰も顧みることはないので
〝埋もれた北〟で　百合が
言葉と共に裂けた
雪の馥りを真似て罰を享けた醜物
純白の牡蠣を食べて。

不安は休息のようだった。
私は、
骨や肉を忘れてしまったのだ。
ここがランズ・エンドで
ここが永遠で
永遠に沈黙のまわりで
〝地獄が
眼を乾かす〟
ということなのか
無心と無垢のまま
霧にまぎれて咲く花を想像して
剪夏羅の灯りを三千まで数えたら
人がこすれる音を聴く。
不思議の花よ
断崖に
道は映っていない

人は映っていけない
この坂道を上がると　病院坂
薄い林に縛られ、字《あざな》を掻いている
あなた
もはや見えぬ者
血の滴るようなステーキを食べて
眼の潰れるほど赫赫とした貝を屠り
現世に戻るといい
夢は見ずに欹《そばだ》っている夢がある
二月堂の美しい行に隠れる野戦を見に
垂直に眠れ
なぜ母は
たった一人なのか。

私は
遭遇する事象のかけらを拾い集め
たおやかな非情を呼びかえす
そこからは
砂地にものうく射し込む葉影　光りは
果てまで歩むか
蛾の夜をひきあげよ
酒の紅に
心の旅にくるまれて　閉ざされ
初瀬の
娼婦の手首にあった火の痕からゆっくり睡りに落ちてゆく
そこからなにが見える　あらゆる流れが涸れたあと
流れを登る　私が　喜悦に撓む
聖らな枝を持って　推古の運命をそっと
もはや生まれない秘密のなかに隠している
幾千万の道を

散弾のように撒く
ただひとつの石のように無欲なものに魅せられたままで
所与の消滅はすべからく、
観念ではなく物のなかに
ジョセフ・コーネルの箱は無人へ燐粉を飛ばし
葉も神々も
いまは

端正な幻、
雪に閉ざされたとある村に
眠りに似た伝言が届く
谷に深く眠る
針のような魚たちの
息を忘れる美しさ
笑う魚はいうだろう
光はこの世で一番古い遊戯、と
だれかがこの子の膝にふれて
アダムは
水の冷たさを知る
だったら
ひたすら生きることの形象は解き
廃虚を通ろう
男は
みずからを待つことを知らなかった

接骨木《とねりこ》は円光をめぐらし
みずからを償うことを知らなかった
鎌を洗っている月
月もないのに
月的な狂った気分だ
眼の構造は誰もが同じだろうに
美の底にある穏やかなものは違う
その場所の人間に話すことが
もともと無理な相談になる
グレーシャルカーネーションの
この
雪の香りのなかで

ざわめきはすうっと静まった。そして完全に静まりきったかと思うと、声にならぬざわめきに感じられ、一段と静まっていく

暁時は
だれにも不思議な夢を抱かせる
母と見まがう者と
咆哮して
黒曜石の本から喚ぶ者がいる
洗脳する者が
だれより洗脳されている日
みんな、踝のうえでの戦い
ささやきのように硬い本の枝を折って
燃えて打ち重なる川の堆積を眼のなかに秘めて
見たこともない廻廊の世界へ散歩に出よう
ときに人は

自分のあまりに暗い湖を正視できないで
どこまでも小径を行き　砂鉄を踏み　白鳥を射る
どんな流れに乗っても　耳なれない訛りのせいで
かの川を見る
言葉よ、おん身を少なからしめよ、永遠に
火を超えて
細辛の黒い花が
息を凝らす

言葉が風に焼かれて
写されていく
どこか、
時なき影に乗って。
ここはいつも二人だけの歌が吹いていて
いたるところ小動物たちの
骨の輪が露出する
天竺模様の黴苔は
雨たちの墓
影はとても古く
アカサビゴケも
ウメノキゴケも
同じ一つの文を生きるから
天骨
に隔たっていく
なにか享楽するという物語

鳥たちの子宮が
今、不思議な現象をつくりだして
私らが何者かの残片であり
何者からも教えられないことであり
一茎の手の恍惚であることを啼く。
目醒めよ、空。
事なきをえた異聞、箱のよう
柵もなく漂着する
すべての庭園から
夜に溶けて発酵するアザミを賛美する
不動の日々を断ち切ってどこかへ
移動していく生き物たちの暗さ
ここからではなく時のなかを
もう疲れてしまったように、
逝ってしまった灰のなかを
走っていく、ヘヴンの淡青《うすあお》の立瞳。

顔に火のラインが夢の突風のように襲って
あれは、国境？
否、道の奥の変移
十万の黄昏が泣いている
二人だけの帰らぬ歌のむこうで
曙光も落日も刻むことのないアジールで
あの忘却の一つの形
今日は灰ではない、
という謎を。

まだ戯れるか、
数秒の実。
私はこのことをずっと書けないでいる
綴じられた砂の気流、
——粒子のなかの大気
手に充ちてくるものの名に
鋭く更新される
異邦の日課
摘みはずされた
逸楽
あれはマンサクに似た花だろうか
微熱のまん中に時折咲くひとがいて
宙を仰いでささやいている
そうやって失くしている
光の窪地《ダンジエネス》に時の母種は仕掛けられて
雨のように焼かれている

なけなしのヘヴン
水のように焼かれている
虫と巌のヘヴン
灰はもういらず
一片の空に
死が起きている地
孔雀草から弱い歓びを聞いたことがある
果肉は
静物でも風景でもなく
疲れてしまった「時」のなかで過ごす姿かもしれない
いまもここも
影のように斜むいて
余白は余白として泳ぎ
腐った板は鳥の啼くひかりを封じて
双つの草は、砂
双つの草は、砂

太陽と雨と寒さですべてが漂白され漂泊し
葉を奪われ
風の蕪雑が骨盤を開いている

この余白の三日間
私は何を学んでいたのだろう
なにもわかっていない、
時の白い羽搏きのほかは。
炎に焦がれた異境だった
また月を結んだ春が
窓辺に伏せられた手紙のように壊れている
この星に似た、人。
月や花をたねにした遊びが
割れるように囁きだして
シュスラン
オルギア・フェメニーナ
あるいは
ウスイツバサモツヨル
架空にも雪崩れていく
始点も終点もないこの世界で

夜のかたわらにあるもの　月
に噤み
他界に洪水が起こったようで　推古の
さざ波も聞こえる
すべての最初の小川に眼まで浸って
あのフェリーヌ　あのボー・ルディック
焼かれている罪人を見た
星が泣いているようだった。
ノートに蒿苣が挿んである
東京は摂氏35度北緯20度の風の中にあり
ここならば、オペラの
冬枯れを分けてひとり夏の菜の光りをとり
崖の中に迷い込んでいく
カランス・ディスカラー
パリス・テトラフィリア
音のみを啼いて

短い夜を起きつくしていても
ここは
逝く稲妻の
季　明《あき》の方角に
見知らぬ扉の傍題が射して
私は砂が鏡を壊《やぶ》る世界に生きたかったのかもしれない。
誰かの息が聞こえた
生を折るか、
死を折るか。

すべてが骨に見える
ここでは白いものが
多く目についていて
光と波の区別は無くなり
散策は償われるまま
瞑想と模倣
私らの記憶には埋葬できない
在る必要のないものたちが
多数入り込んでは通過してゆく
ロドデンドロン・ブラキカルパム
モノトパストラム・ヒュミリ・トリペトラム・ハラ
クリサンテマム・エウカンテマム
草花のいっぱい
飾られた世界
今日も
目にしていながら

見えないものを見る
頭蓋の頂に咲いた眼という垂直の幻
輝石《エーゲ》の海で人になったサフランは
もう自分の色を思い出せない
揺れて、
よりささやかな存在へ
誰かともに迷っていく
この決して一つではない
楽土の深みのうちに。

私は誰と出会うのだろう
誰にも出会わないのだろう
短い行の後にくる失明
耿耿と妊娠する星と風
半身を淡い扉のなかに現し
ただ純粋なリズムとして大地に響く
鰶《このしろ》、鱗爪《りんそう》、小さな
もう見えない魚たち、
あんな憐れに
薄れて、滲んで。
未来を見ることができていれば
徴候を感じとり、
明確に描けていれば
モノトローパ・ヒポティティス
エピメディウム・グランディフローラム
ネオティタ・ニダス・アビス

ベラトラム・グロメ・ラタ
ヒロテレピウム・エリトロスティクタム
集めることのかなわぬものたち
指のすきまから
土を滑り落とした
夏のかけらに包まれて、
見る夢は孤独だから
時間だけがおだやかに燃えていた

告白をしたのだ
赦しなど欲しくなかったから。
夜に細く傷が走る
作り声で深く悔やんでいるように
墨坂の神が息絶えていた
ガラス質の花たちと私は契っては
梯子を突き立てたような嶮しい
地表を他者たちと
どこか果てまで歩いていく
なぜ心に夜は沈んでいくのか
誰にもわからない
ドロセラ・スパトゥラタ
ウトゥリクラリア
水に羽の姿で
多数の細かな捕虫嚢で
生命への罠をめぐらし

何かと決戦している
もう記憶にもないもの
ことごとく偽の行為を
〈封印〉して
また空に
新しい十字路をみつけた
誰のものでもよかった
稲妻と結婚する日
破損も破棄もできない紙が
血管を黙って流れていく
祈りから祈りへ逃れても
告白の白い輪
は「物」のようで
この世からそれは深く蒸発するだろう
ロベリア・セシリフォリア
アネモネ・ニコネシス

トリリウム・スマリ
今日も
水の翼を食べて
やがて今生の架空を渡り
狂った蝶番のように
どこまでも交わっていく日と月
沙の
どこまでも折られる祈り
もう
稲妻を娶ったりはできない
一滴の涙が源に消えて
この世に戻ることのない
祝福を享けた

昼も夜もやむことなく
地上に富を
積んではならない
夏と呼ばれる光源の季節
どこか良からぬ場所で
沈む子供　響く子供
その諸生物を養った泉で
エロスが涙を流している
まっくらな宝石のような涙だった
きれぎれの喊声　逃れるための夢
目もあやに数のある死
蟬が星座の子供になって
わけもなく自らを散り敷き
澄みわたった夜がきしむ
その夜に
私は私の内にいて

他者にも見透かせない
星降る乾きにさえなった
骨の人質たちよ
クリプトテニア・ジャポニカ
ガストロディア・エラータ
ヨアニア・アメジェンシス
アデノフォラ・フローラ
音楽が見えないものであるのは
声が見えないものであるのは
音色やささやきが
裸であるのは
光源もない場所で
裂ける樹　燃える
産声を燃やす
リリウム・コルダタム
アステア・グレニ

ウケラノコメイ
ヌファ・ヤポニカム
残りたかったが
残されなかったものの形象よ
まぶしみながら
そこに咲く不可思議な草子《サフラン》よ
長い痩果をよぎるまでの時間
今日も不貞の背を送り
指のなかに真夜のキーはさざめき
死を云わないものたちの傍で
生まれつき倒卵の身で
終わる彗星の名を告げて
裸体のまま白昼を生殖し
われらを作りだし
われらに言葉を与え
われらに同胞への罠を与え

死を賭して与え
胎盤のぬるむうすあかりに
攀じ登らせ
骨の声で夜に記し
骨の影に飛翔し

奔った
痛みの海に浮かんだ島があった
無人の中にも見えない島があり
今日も
ひとりきりで言葉の変貌を耐え
思い出も私からは逃走したから
アネモネ・デビリス
プルサティラ・セリナ
骨のティアラよ、
この時間が砕け散ることはない
まっすぐな小径は
けっして冬には着かない
たとえ
十字路の憂鬱はほんとうでも
掌のうちから廣く
こぼれていく不定の平原

砂礫の上へ上へ薄く立つ
鳥たちの回廊を学んだことはあるか
時間の種から剝がれた玉蜀黍の粒
裸の夜半
夜明けの草叢で
踝を抱く翡翠の虫たち
たくさんの石ころや玉に飽きた
私の草の乳房に触ってみろ
そこに
独り秋の岸辺に横たわる稲妻の匂いがする
癒されることも
枯れることもかなわない
灰に眩むほど、
光に濡れるのだ
ボエニンガオーゼニア
アコニタム・モンタナム

思い出も私からは逃走したから
あの魅惑的な割目に似た
夜の毛をそっと撫でて
プッサドピクサス・デプレッサ
アイリス・ラエヴィガータ
渦の破壊
悲嘆の星星をあやなし
この唇で「時」をだましてやろうと思ったのだ
優しい角の振動を生きる
母、
いつまでもゆるやかに逝きつづける者
天国の唇を見ました
見知らぬ幼年に青む
硬鱗をしげらして
地球《ほし》よ
おまえには空がない

闇をいやす光はいっせいに去り
いつまでもゆるやかに逝きつづける
母、
あなたはなぜ
灰ではないのか。

自由への道

せめて一輪でも残っていてほしかった
マグノリア
アメスイスト・ラピスラズリ
天竺木綿に射しこむ夏
地上から銀の山の姿が消え
幾千幾万もの道が散弾のように降りそそいだ。
風と土が戯れ
水の冷たさを知る
私が集めておきたかった花
エリカ・ケリントイデス
コチレドン・オルビクラータ

ブロテア・エクシミア
プリムラ・グルティノーサ
ババウェル・アルビヌム・レティ
オフリス・スペクルム
スパルティウム・ユンケウム
鏡の海に「誰か」を衝突させる
その自由への道《パスツール》。
深い楽園のなかで
今日も出会ったことのないものと
出会う
私は何に失望しているのだろう
朽鶏《くだかけ》が鳴き、空に何か
白いものを見つける
〃始源の夜〃
私を喚ぶ者は
息絶えた声を、視界にはりつけた。

散亡の方位

幻。二日間つづいた炎暑の後
幾千幾万の方位に開かれた銀嶺の頂に立っていた
幻には理由がない
だからその消滅も
ついに与えられることがなかった。
ゴンゴラの飾る道
麓では国境を襲う砂漠が何度も道を隠して
その度に　午後の散策から帰らなかった者の
手紙ばかりが届いた。応えようのない
記憶への詰問を、
路地で燃やすばかりの日々がつづいて。

オリノコ、死者を待つ町。低い草木を
揺することのない水に象られ、静かな石を抱き
黄金の雨と疾風に受苦を響かせる
何にも拠らず
何も打たない位置。大理石の
代禱に分かたれてゆく声が
敗神の午後、水に絡めとられ
灰に広がり、白塗りの柵の
深い翳を折り合わせる、その者を喚ぶ
それは既に異客の文字。落日の色を
手折ったような赫い大地に　古磁器の
かけらを探し、そこに文字を書き入れて
通じない言葉
狭い言葉が心を
乱すがままにしておく。壁の亀裂の奥処に
描かれた、柔らかい撒絵。その意味なく

交換ない、鏡の前を舞う砂塵の快楽を称えよ。
癡疾する意思の神聖比率《アンゲロス・ヴェルゲティオス》
あらゆる方角に曲がってゆく他界
「群集をかき分けながら
その男は別世界にいる」
家々の窓の幅に
石の陽が架かる。

ここに収録された詩篇のいくつかは、「現代詩手帖」「詩学」「GANYMEDE」「ウルトラ」「sybila」「(f)orpoets」に発表された。「lost light in Dungeness」は二〇〇六年初夏のイギリスで書き下ろされ、ラテン語による多数の固有名は異郷＝そこに咲く植物の古名をあらわしている。

片鱗篇《かけらへん》——新しい詩人⑦

著者
石田瑞穂《いしだみずほ》
発行者
小田久郎
発行所
株式会社思潮社
〒一六二―〇八四二　東京都新宿区市谷砂土原町三―十五
電話〇三（三二六七）八一五三（営業）・八一四一（編集）
FAX〇三（三二六七）八一四二　振替〇〇一八〇―八一二一
印刷所
三報社印刷株式会社
用紙
王子製紙　特種製紙
発行日
二〇〇六年十月十五日